KB123520

그대, 날 외면하지 말아주오

그대, 날 외면하지 말아주오

2020년 4월 27일 초판 1쇄 발행
2020년 4월 27일 초판 1쇄 인쇄

지은이　　　│장서준, 박경린

인쇄　　　　│아레스트
표지　　　　│이랑 스튜디오

펴낸이　　　│이장우
펴낸곳　　　│꿈공장 플러스
출판등록　　│제 406-2017-000160호
주소　　　　│경기도 파주시 헤이리 예술마을
전화　　　　│010-4679-2734
팩스　　　　│031-624-4527
이메일　　　│ceo@dreambooks.kr
홈페이지　　│www.dreambooks.kr
인스타그램│@dreambooks.ceo

© 장서준, 박경린 2020

잘못 만든 책은 구입하신 서점에서 바꾸어 드립니다.

꿈공장＋ 출판사는 모든 작가님들의 꿈을 응원합니다.
꿈공장＋ 출판사는 꿈을 포기하지 않는 당신 곁에 늘 함께하겠습니다.

이 책은 저작권법에 의해 보호받는 저작물이므로 무단전재와 무단복제를 금합니다.

ISBN　│979-11-89129-58-3

정 가　│12,000원

그대,

날 외면하지 말아주오

장서준

낭만의 순간들

작가의 말　9

박경린

초상화와 자화상

낭만의 순간들

장서준

진부한 현실을 부정하여
선명한 과거를 동경했고

과거를 기억하니
문득 그대가 떠오른다

청춘의 빈곤을 위로했던
낭만의 순간들

미려한 장면을 추억하며
오늘도 글을 쓴다.

그대, 꽃이다

꽃이 진다고 슬퍼하지 마라

그대 초심으로 지켜 온 뿌리는
황량한 풍파에도 흔들리지 않았고

곧게 뻗은 줄기는
타인의 귀감이 되고 있으며

인고의 시간 속에 핀 꽃들은
영롱한 빛이 되어 누군가의 꿈이 되었으니

억만 겹의 시간이 흘러
무수한 꽃잎조차 아스라이 사라져도

부디 슬퍼하지 마라
외로움을 감내한 존재만으로

그대, 단단한 꽃이다.

그대, 날 외면하지 말아주오

소박한 욕심

불모지에 꽃이 피기를
기대하지 않았고

스치는 여우비에
따뜻함을 바라지도 않았으며

미려한 바람결에
그대 고운 손길을 꿈꾸지도 않았다

다만 녹슨 바람에 귀 기울여
그대 목소리를 듣고 싶었다

메마른 그대 음성에 파묻혀
나의 몸짓이 그대와 하나가 되는 순간

그렇게 그대와
사랑에 빠지고 싶었다.

고백

달이 예쁘게 피었습니다

그대 고운 음성에
흩날리는 꽃잎마저 어여쁘게 보입니다

집에 데려다주는 길
서툰 농담을 건네 봅니다

미사여구 한 점 섞이지 않은
하얀 미소가 나를 설레게 합니다

생경한 위로에
투박한 몸짓은 들키기 싫어

떨려오는 입술 사이로
수줍게 전하는 말

그대, 오늘도 예쁘게 피었습니다.

그대, 날 외면하지 말아주오

님에게

오늘도 묻는다

난 사람을 만나고 싶었던 것일까
사랑을 하고 싶었던 것일까

외로움에 지쳐버린 것일까
그대를 사랑하고 싶었던 것일까

가슴 속 추억에게 묻는다
쓸쓸한 내면에게 묻는다

결국, 이별을 택한 건
다시 받을 상처가 두려워서냐고

지금도 망설이고 있는 건
뛰고 있는 심장이 두려워서냐고

그렇게 오늘도 님을 보낸다.

안녕

안녕

오늘 했던 설렘의 인사가
작별의 인사가 될 줄은 누가 알았을까

너의 가시 돋친 암흑의 말들은
아직 영롱한 빛으로 다가오건만

이젠 사무친 연정도
한 줌의 추억으로 흩날리겠지

영영 듣지 못할 이에게 전 할
마지막 언어로 우리의 계절을 마감한다

안녕

그대, 날 외면하지 말아주오

청춘의 벽

마음껏 꿈꿀 수 있었던 그때가 그리운 건지
절망의 벽조차 희망으로 버틴 그대가 그리운 건지

한때는 꿈도 있었던 건지
꿈도 그저 한때인 건지

꿈이 작아져 버린 건지
거친 세상 속에 내가 작아져 버린 건지

세월의 무게가 깊어질수록
그 시절 무능했던 청춘의 찬란함이 그리워진다.

감정의 공백

그대 감정은
온전히 그대 것이 아니다

때로는 나의 것이었고
때로는 오롯이 속삭이는 타인의 것이었다

지는 석양 속에 나지막이 낭만을 다짐했고
꽃피는 계절에도 만개한 고독을 견뎌야 했다

덤덤해지려는 연극도
슬픔의 깊이를 가늠하려는 가냘픈 자책도

멈추려 한다
그대, 오늘은 울어도 된다.

그대, 날 외면하지 말아주오

사죄

후회하지 않을 만큼 사랑했냐는 물음에
아무 대답도 못 했다

들판에 외로이 남겨진
사랑을 갈구하는 아이처럼

애처로운 투정이었고
탐욕스러운 미련이었다

몸서리치도록 인정받고 싶었던
아찔한 내면은 거짓이었다

사죄한다
열렬히 사랑 못 한 그 시절 나의 별에게.

환멸

견딜 수 없을 거 같았던 날들이
허공 속에 묻혀 흘러간다

한때는 망각의 시간이 힘겨웠지만
이젠 기억의 일몰이 두려워진다

격해진 심정에 독백을 토해보지만
연극의 이중성에 무릎을 꿇는다

순정의 가식에 환멸을 느끼며
변덕스러운 광대에게 묻는다

미화된 기억이라도 간직할 것인가
아님, 영원한 기억의 소멸을 원하는가.

희망

그랬다
나에게 가장 후회로 남은 건 오늘이었고
가장 두려운 건 내일이었다

그래도
나를 일으켜 세우는 건 오늘이며
꿈꾸게 하는 건 내일이니

웃어본다
다시 일어설 수 있는 오늘이 있기에
꿈꿀 수 있는 내일이 있기에

그대, 날 외면하지 말아주오

고독의 끝

역겨운 껍데기를 벗겨내고
수줍게 감춘 탐욕을 들추어낸다

허망하게 찢겨버린
황량한 그대의 시선은 누구를 향하고 있는가

나마저 속인 갈대의 끝은
정녕 닦을 수 없는 눈물의 흔적인가

다시는 마주치지 말자
그대 고독은 영영 홀로 내버려 둘 테니.

눈물

왜 눈물을 참아야 하는지
알지 못했다

쏟아버리면 그만인 것을
일말의 순정 모두

한 폭의 여우비처럼
사라지지 않을까

작별하듯 돌아서던 그때
그대 공간을 채우지 못한 그날

눈물, 그 가벼운 존재만으로
그대를 잡을 수 없었기에.

이별

무심코 내려놓은 한마디가 아쉽다
코끝이 시려 잡은 손이 차갑다

비틀거리다 기댄 어깨가
수척해 보인다

어색한 배경 속에 무채색으로 채색한
어느 무책임한 무명작가의 그림처럼

무뎌진다
언젠가 지나갈 흔한 이별이라 말하며.

그대, 날 외면하지 말아주오

가을

레몬처럼 시큼하진 않지만
손끝이 떨려온다

라테처럼 달콤하진 않지만
달큼한 온기에 자아가 무너진다

해 질 녘 마중 나온 바람이 낯설어지는 순간
외면조차 사치라 여기는 가여운 시간

파도와 함께 보내야 했던 낡은 기억들이
밀물처럼 차오르는 잔인한 계절

가을이다.

감정의 밀도

의미를 부여하기에는
아직은 먼 우리의 거리

사랑이라 단정 짓기에는
두려움을 모른 척할 수 없고

외로움이라 치부하기에는
전율을 주체할 수 없다

상이한 두 자아의 우둔한 외줄 타기에
눈치 없는 입술의 끝은

그저 꽃이 예쁘게 피었다는 말로
감정의 밀도를 대신한다

언젠가 흐릿함이 선명함으로 변하는 순간
그대와 수줍은 낭만을 꿈꿔본다.

그대, 날 외면하지 말아주오

그대의 공간

벚꽃은 사라져 가고
공허한 하늘 아래 남은 나뭇가지

흔적조차 사라져
기억의 조각조차 찾기 미안할 때쯤

과거의 장면이 미련이 되어
나의 숨통을 조여 온다

잔인할 거라 여겼던 이별의 조각은
그대를 배웅하고 마중 나간다

찰나의 순간이었지만
내 숨결 사이 그대가 묻어있다

벚꽃은 사라지지만
오늘도 그대가 머물던 공간에 꽃이 핀다.

어머니

그대 생각만 하면
눈물이 난다

이름 모를 죄책감에
헛된 청춘을 낭비한 탓일까

그대 이름만 부르면
가슴이 미어진다

서툰 표현 한 번 못한 채
꽃다운 아름다움을 흘려보낸 탓일까

이토록 시간이 잔인한 줄 알았다면
소박한 고백이라도 할 것을

그대가 감당했던 세월의 무게 속에
회한의 눈물을 흘리며 고하는 진심

어머니, 죄송합니다.

관계의 끝

관계의 정의는 어렵다

감정의 줄다리기에도
일말의 생채기는 곁눈질조차 들키기 싫었다

혐오스럽게도
그 단어만큼은 내색하기 싫었는지도

모두의 공감에도 깨기 싫었던 환상
그 환상이 깨진 건 고작 평범한 하루

그토록 자랑해온 인내심이
거짓이 되어버린 흩어진 조각들

지금껏 참아온 단어를 뱉으며
진부한 관계의 끝을 고한다

남들 얘기인 줄만 알았던 이별.

무제

끝없이 관대하다 여겼지만
시간은 오늘도 기억의 영역을 파괴한다

한없이 강하다고 여겼지만
인간은 오늘도 감정의 무능함을 증명한다

귀를 닫는다
일말의 소리조차 들리지 않도록

눈을 감는다
암흑의 여백이 채워지지 않도록

한 점의 바람에 놀라
흔들리는 창문의 나약함을 핑계 삼아

겁에 질린 그림자는
절벽의 끝에서 간신히 연명한다.

그대, 날 외면하지 말아주오

겨울

고단한 하루의 끝
우리의 시작점이 언제였는지
기억조차 나지 않으면서

불청객처럼 찾아오는
찰나의 그림자에
입버릇처럼 야속한 기억력만 탓한다

진부한 하루의 시작
우리의 끝이 어떠했는지
인지조차 못 하면서

망각의 그늘에
시린 여백만 채운다
겨울이다.

회한

지나친 만큼
조금 더 기다렸다면

외면한 만큼
조금 더 이해했다면

이별을 고한 만큼
사랑을 표현했다면

그대와 나는
내일도 우리가 될 수 있었을까

쓸데없는 미련에
오늘도 가을밤은 깊어만 간다.

이별의 날

비가 내리면 좋겠다
치열했던 그 날이
희석될 수 있다면

익숙한 풍경 속에
이방인이 된 낯선 표정과
싸늘한 얼음이 되어버린 말투

잔인했던 하루가
하릴없이 이별과 작별할 수 있게
오늘은 비가 내리면 좋겠다

그대, 애썼다

아무것도 묻지 않겠다
가슴 아픈 사연도

가늠조차 힘겨운 고통의 온도 속에
말없이 지켜만 볼 뿐

얼마나 힘들었을까
얼마나 외로웠을까

청춘이라는 핑계로
용기라는 짐을 짊어지게 해 미안하다

힘내라는 잔인한 말로
그대를 옥죄게 한 것도 사죄한다

타들어 가는 입술 사이로
전하고 싶었던 위로

그대, 애썼다.

그대, 날 외면하지 말아주오

이름, 욕심의 끝

처음에는 이름이 궁금했다
눈치 없는 순정은
그 이상을 요구했지만

나의 욕심은 타인과 다르다 여겼다
이름만으로 내겐
바스러질 만큼 눈부셨으니

하지만 시간의 공백은 거짓이었다
궁금해할수록 상처는 깊어졌고
추억은 얕아졌다

다수의 수긍 속에
나만은 아니라 여긴 건
오만이었을까

이름을 기억하는 것은 특별하다는
불현듯 떠오르는 그대의 언어에
불면의 새벽은 깊어만 간다.

빗소리 – 1

빗소리, 참 예쁘다

스산한 계절을 어루만지던
그대가 생각날 만큼

그렇게 설레던 그대가
그리도 아름답던 그때가

고작 사소한 몸짓과 짧은 언어에
아스라이 사라질 줄은 누가 알았을까

관계의 끝마저 서툴던 우리에게
사죄할 기회조차 주지 않은 채

하염없이 그리움에 몸서리치다
잔혹한 동화의 끝맺음에 묵인한다.

그대, 날 외면하지 말아주오

생각의 순서

시를 읽으니 그대 생각이 난 것일까
그대 생각을 하니 시가 떠오른 것일까

어제는 너를 핑계 삼아
이별을 정당화했다

오늘은 나의 무지함을 탓하며
쓸쓸함을 합리화하고 있다

날카로운 언어는
낯선 생채기가 되어 나를 괴롭힌다

무책임한 사랑을 했다
그대를 책망하며 버린 날이 미울 만큼

흔한 소설 속 주인공처럼
오늘도 들을 수 없는 미안함만 전한다.

시처럼 짧았던

그대 고운 한마디가 영롱한 빛이 되어
내게 삶의 이유를 전해줬던 날

가시 돋친 암흑의 시기에도
엷은 미소로 서로의 방황을 잡아주던 날

한 편의 시 같았던 우리의 청춘은
기억조차 안부를 묻기 미안할 만큼 멀리 왔지만

시처럼 짧았던 사랑이었기에
한 글자도 빠짐없이 영영 기억하려 한다.

그대, 날 외면하지 말아주오

거울 속으로 전하는 위로

힘든 날은 버려야 했고
슬픈 날은 견뎌야 했다
운 좋게도 참을성이 많아서인지
아직은 숨이 잘 쉬어진다

감당 못 할 슬픔의 깊이 속에
내색할 수 없는 아픔에
돌아볼 여유조차 없지만
숨 가쁘게 달려온 소풍을 끝내기엔 아쉽다

화장을 지우지 못한 광대의 민낯을
아직은 들키기 싫다
오늘도 거짓말만 내뱉는다
아직은 살만하다고

괜찮다
모두가 모른척해도
한 사람만 알아주면 되니까
오늘도 고생했다.

처절하게 빛나던

그날의 하늘은 예뻤다

이별을 고하며 돌아선 뒷모습마저
아름다울 만큼

그대가 전한 고마움은 모른 채
행여 들킬까, 품 안의 원망은 숨기기 바쁘다

애착과 단념의 위태로움은 가슴에 묻고
구름 사이로 전하는 마지막 당부

다시는 그대
고독으로 눈물짓지 않기를

가을이 간다
처절하게 빛나던 우리의 계절이

그대, 날 외면하지 말아주오

정서적 밀도

그런 사람이 되고 싶습니다
서늘한 가로등 불빛 아래

함께 석양을 바라보며
무거운 일상의 그늘이 되어주는

무수한 참회와 삶의 반추 속에
나의 언어가 그대 마음의 등불이 된다면

미려한 장면들을 회상했을 때
뜨거운 청춘이 우리로 채워질 수 있다면

내 마음, 정서적 밀도를
오롯이 그대에게 전합니다.

습작의 의미

외로운 날은
글을 썼고

그리운 날은
습작에 의미를 부여했다

상투적인 표현과
절망으로 이끌었던 낭만의 순간들

밤하늘의 별조차
버거운 내면을 숨기고자 빛나는데

나는 무엇을 위해
하릴없이 님을 갈구하는가

지난날의 과오를 외면할 수 없어
오늘도 펜을 든다.

나의 봄은 너의 봄이 아니다

봄날의 벚꽃보다 아름다웠던 그대
봄날의 벚꽃만큼 빨리 져버린 우리

벚꽃엔딩이 울려 퍼지는 거리에
우리의 엔딩은 그대에게 무엇으로 기억될까

맞잡은 두 손이 차가운 한 손이 되던 날
너의 봄은 아직도 뜨거운 찬란함으로 기억될까

나의 봄은 이제는 너의 봄이 아니기에
내겐 쓸쓸한 찬란함만이 남아있다.

꽃 필 무렵

잔인한 생채기가
여울진 꽃이라 여길 때까지

일몰의 순간이
수채화 속 일출로 채워질 때까지

덧없는 청춘이라 잊고 싶었던 날들이
미려한 장면으로 남을 때까지

나약했던 오늘의 걸음이
누구보다 큰 용기였음을 알게 될 날까지

그때까지만 버텨주길
꽃 필 무렵, 그대가 가장 아름다울 테니

그대, 날 외면하지 말아주오

빗소리 – 2

빗소리, 참 예쁘다

나약한 자아가
참회의 반추를 거듭할 만큼

미약한 허상이
지독한 잔상으로 변할 만큼

오해의 공백이
이해의 조각들로 채워진다

빗소리, 참 쓸쓸하다.

나의 이야기

나의 이야기를 써보려 펜을 들었다
가장 따뜻하지만 추악했던
감히 담지 못했던 찬란한 순간

찰나의 기쁨을 절망이라 여기고
스치는 눈물을 희망이라 위로하며
쌓여가는 슬픔에 채우지 못한 공간

철없던 시절, 웃을 수 있었던 청춘의 단면
순수함이라 포장했던 소박한 촌스러움 속에
숨길 수 없었던 떨림의 행복

언제부터였을까
어느덧 우리의 이야기를 쓰고 있다
그 시절 가장 아름다웠던 나의 이야기, 우리

위로가 되기를

가끔은 아이가 되고 싶은 날들
온몸 가득 투정을 부릴 때면

금방이라도 안아주며
괜찮다고 말해줄 것 같은 순간

청춘의 향기는 증발해버린 듯
나지막이 속삭이는 한숨조차 외면할 때

슬픔의 무게마저
오롯이 홀로 감당해야 하는 가여운 날들

어른이 되어간다고 자책하는
그대가 안쓰럽다

나의 짧은 위로는
벚꽃처럼 사라지겠지만

응원한다
아름답고 처연한 그대의 계절을.

고백

그대를 좋아할 뻔했습니다
파란 하늘 아래 그대 미소 스칠 때면
수줍은 아이처럼 자리를 피했습니다

눈이라도 마주칠 때면
소나기가 쏟아질 것처럼
우리는 봄과 겨울만큼 멀어 보였지요

손끝만 닿아도 분주한 설렘 달랠 길 없지만
그대와 함께 나눌
기적 같은 날을 꿈꿔봅니다

봄눈을 핑계 삼아
들꽃 핀 하얀 언덕에 두 손 맞잡아
온전히 그대만으로 하루를 채울 수 있다면

파란 하늘 아래 그대 미소 스칠 때면
서툰 마음 전하려 합니다
그대를 좋아하고 있다고.

몹쓸 계절

멀리도 왔다
끝없는 아름다움에 발걸음을 멈춘다

남 탓만 하던 기억력은
이럴 때만 자신의 존재를 과시한다

버스정류장의 외로운 시선에
미아처럼 무너진다

그래 너를 잊으려고 여기에 왔지
고마움을 두려다, 미안함만 두고 간다

난 괜찮으니 가져가
되돌릴 수 없는 시간 자책하지 말고

스치듯 부는 한마디에
눈물을 주체할 수 없다

가을이 분다
또 한 번 그리워할 몹쓸 계절이

빗소리 – 3

여전히 빗소리는 예쁘지만
그때의 우린 왜 서로를 모질게 대했을까

결국, 변한 건 그대가 아닌
우리였나 보다

빗소리, 참 예쁘다
그때의 그대에게 한없이 미안 할만 큼

나약한 연정

고단한 하루를 끝내고 집으로 가는 길
진행 중인 업무는 기약조차 없고
단골집 김치찌개는 예전 맛이 아니다

고즈넉한 어둠 속에 나를 반기는 건 적막감뿐
버거운 일상에 마음마저 차가워질 무렵
불현듯 떠오르는 나약한 연정

넌 어떨까
달랐던 그때의 우리처럼
아무 일 없는 듯 잘 지내고 있을까

야속하게도 이제야 안부를 묻는다
진부한 일상을 핑계 삼아
찬 입김 속에 나지막이 토해낸다

오늘따라 유독 그대가
보고 싶다.

오늘을 산다는 것

냉정하게 흐르는 시간
붙잡지 못하는 덧없음에
늘어가는 자책

내일이면 더 잘하지 못한
오늘을 원망하며 사죄할 거면서
그렇게 인생은 미안함만 가득하다

미안하다
더 용기 내지 못해서
더 신뢰하지 못해서

그래서 내일이다
실수를 만회하며
치열한 투쟁을 만끽할 기회

미완의 몸짓 속에 숨겨진
삶의 가치를 깨닫기 위해
오늘을 버티며 내일을 맞이한다.

회상

기억나, 작년 이맘때
소소한 일상이 사랑으로 물들었던 시간

수화기 너머 들려오는 목소리와
수북이 쌓인 눈길을 걸으며 건넨 미소

봄 향기의 애잔함에 젖을 무렵
낯선 바람을 눈치채지 못한 듯

시간이 나를 위로하려다
세상마저 어색하게 변해버린 진부한 광경들

시답잖은 농담에도 웃어넘길 만큼
시간은 이별에 적응하는 법을 알려주다가도

기억에 적응하는 법은 알려주지 못해
바람의 선율에 가슴이 먹먹해져

기억나, 작년 이맘때
오늘도 너로 물들었던 날을 회상한다.

헛된 바람

바람이 분다
나직하게 퍼지는 낯선 음성

아득하기만 했던 무언의 그림자가
파도가 되어 밀물처럼 차오른다

썰물처럼 흩어진 별들 속에
유난히 빛나는 별이 내 마음을 두드린다

빗물처럼 젖게 될 줄 알면서도
서로를 갈구했던 그 날처럼

서로의 열망이 헛된 짐이 될 줄 알면서도
그렇게 너를 기억할 바람이 분다.

그대, 날 외면하지 말아주오

광대의 삶

떳떳하게 말하지도 못하면서
길 잃은 고아처럼 멍하게 있을 거면서

괜찮다는 말은 어디서 배웠는지
쓸데없이 괜찮다는 말만 되풀이할 뿐

흔한 담소에 웃어넘기는 찰나에도
스치는 메아리가 해마저 지게 한다

사춘기 시절 동경했던 소녀의 가녀린 미소가
공허한 마음을 채운다

오늘도 분장을 지우지 못한 광대처럼
한없이 웃다가도, 그립다

강제이별

벚꽃이 예쁘게 피었습니다
그대 하루는 어떤가요

어제의 상흔이 잊힐 만큼
오늘은 따뜻했나요

시린 가슴 깊숙이 슬픔을 눌러 담아
옥죄어 오는 심장과 강제 이별을 합니다

나를 사랑하지 않는 그대이기에
불어오는 산들바람마저 외면합니다

하고 싶은 말이 많았지만
떨려오는 입술의 끝은 안녕을 고합니다.

그대, 날 외면하지 말아주오

잔인할 정도로 편안한 오늘

바라보다 숨이 멎더라도
그대 가슴에 나의 숨결이 느껴지던
이 순간만 기억될 수 있다면

그 정도였나 되묻던 눈가는
오해와 착각으로 붉게 얼룩져 있다
영화의 잔상이 허상임을 알게 된 듯

빙하의 보이지 않는 단면처럼
청춘의 한 때로 기억될 우리는
거리의 연인에게 무엇으로 기억될까

심호흡해 본다
매정하게도 편하게 쉬어진다
손끝만 스쳐도 가슴이 아리던 그때가 미울 만큼

청춘 후

기다릴 줄 모른다며 너를 타박했다
뒤돌아보는 법도 배우라며 훈계도 했고
네가 변명의 대상이었다

하지만 넌 기다려주지 않아도 곁에 있었고
뒤돌아볼 줄 몰라도 나를 모른 척하지 않았다
너의 존재를 그땐 몰랐다

다시 돌아갈 수 없지만
나의 자만심으로
부서져 버린 너를 불러본다

꿈 많던 시절
잃을 것 없는 용기와 방황 속에
나를 빛나게 했던 이름

청춘아 미안하다
너무 그립구나.

이별, 현실과 이상 사이

인연, 정말 우리가 인연이라면
다시 만날 수 있을까

우연, 우연처럼 다시 만난다면
말할 수 있을까

단념조차 못 할 잔인한 시간
쓸모없게 되어버린 기억

사랑, 우리가 정말 사랑했다면
예전처럼 웃을 수 있을까

이별, 이렇게 아파하면서도
우리, 정말 헤어졌나 보다.

봄

똑똑
반가운 소리에 창문을 열어 봅니다

산들바람 너머 불어오는 설렘에
미소의 여운이 깊어만 갑니다

진부한 감정이라
흐릿한 시야로 외면하다가도

그대 미소를 보고 있으면
햇살보다 환한 정취를 그대는 알까요

아, 수줍은 마음 감출 길 없어
봄이라 그렇다며 웃어봅니다

똑똑
오늘도 그대를 보려고 창문을 열어봅니다.

그대, 날 외면하지 말아주오

상경

너를 보려고 여기에 왔다
흩어진 기억을 위로 삼아

하지만 혼자 걷고 있다
흩날리는 눈을 추억하며

가녀린 돌담 사이 비친 하얀 바다처럼
우리도 바라만 봐야 아름다운 것일까

해가 뜨고 해가 진다 따뜻한 별빛과 함께
사랑을 하고 사랑이 진다 아련한 슬픔과 함께

그래 너를 보려고 여기에 왔었지
저 멀리 스쳐 간 기억을 함께하려고

하지만 언제부턴가 혼자 걷고 있다
낯선 광경 속에 너는 없다.

위로

고마워요
눈물 나게 힘들었을 텐데
아무 일 없이 버텨줘서

그대 슬픔의 깊이 가늠할 수 없지만
숨 가쁘게 달려온 여정을 돌아보며
미소 지을 날이 올 테니까

위로가 필요할 땐 말해요
내가 언제든 말할 테니
그대 고생했어요

한 가지만 알아줘요
그대 괜찮은 사람이라는 거
오늘도 수고했어요.

어머니

아름다운 사진에 두근거리는 가슴
쓸쓸한 주름을 미약한 존재와 바꿔버린
허망한 세월을 한탄한다

아직은 세상의 두려움을 알지 말라며
나의 눈물을 닦아 준 당신
정작 당신의 눈물은 보지도 않은 채

이제 세상의 두려움을 알게 되었음에도
당신의 사랑은 이해하지 못한다
자신은 뒤로 한 채 왜 타인을 위해 사는지

검은 하늘 속에 내리는 하얀 비처럼
빗물 속에 살아있음을 느끼는 생명체처럼
당신의 존재에 감사하며 하루를 시작한다

철없는 생명체가 자신을 위해 살아온
타인의 존재를 의식한다
이제야 한없이 사랑하려 한다

이름만 들어도 눈물 나는 그대, 어머니.

늦은 준비

예상보다 일찍 이별이 찾아올 때

그때 다양한 반응들
바보같이 눈물부터 흐르는 사람

멍하게 한 곳만 응시하다
추억만 회상하는 사람

어색한 분위기를 무마하고자 농담을 건네는 사람
다르지만 똑같은 심정

이렇게 빨리 이별이 찾아올지 모른 채
아무 준비도 못 했다는 것

그 사람 참 좋은 사람이었다는 것
이별이 오고 나서야 깨닫는다

그래서 이별은 늘 가혹하다.

그대, 날 외면하지 말아주오

흔한 이야기

아니라고 손사래 쳐봐도
괜찮다고 태연한 척 해봐도

눈치 없는 기억력은
이럴 때만 자신의 존재를 과시한다

연극이 끝난 후 낡은 대본을
보는 이의 기분이 이와 같을까

지금쯤이면, 아니 내일쯤이면
약속이라도 한 듯 미루는 모습이 철없다

세상 속 흔한 이야기임을 알면서도
외면하지 못하는 모습이 안쓰럽다.

소복소복

소복소복
첫눈이 오던 날

눈이 오면 나를 기억해 달라며
한 아름 꽃을 선물했던 시절

그때의 우리는
눈 녹듯 사라졌지만

소복소복
첫봄이 내릴 기약 없는 날

다시 한 번 한 아름 꽃을 들고
너에게 가려 한다

수줍은 미소로 손 내밀던 그 날을
미숙한 떨림으로 잡아보려 한다

소복소복
그렇게 오늘도 너에게 간다.

안녕, 이젠 안녕

안녕, 책 한 장을 넘기듯
무책임한 시간을 잡지도 못한 채
마음속으로 연습했던 인사

고서에 쌓인 먼지처럼
어렴풋이 떠올려야 웃을 수 있는 기억과
절경이라 치부했던 낯선 그림자

기다리면 돌아오는 봄날처럼
붙잡고만 싶었던 흔한 착각까지
이젠 안녕.

가벼운 위로

오늘 많이 힘들었죠
괜찮아요 걱정하지 마요

그대가 생각하는 것보다
그대는 더 소중한 존재니까

그대가 생각하는 것보다
그대를 응원하는 이들은 많으니까

그러니까 힘내요
그대, 오늘도 고생했어요.

그대, 날 외면하지 말아주오

15년 전, 나의 첫 글

사랑하는 사람이 생겼습니다
그 사람만 생각하면 외롭지 않고
그 사람만 생각하면 미소가 번지는

사랑하는 사람이 있습니다
기다림도 즐거움이 되고
그리움도 행복이 되는

사랑하는 사람을 보내려고 합니다
행복했던 나 자신의 이기심이
그녀도 행복하길 바랐나 봅니다

사랑하는 사람이 있었습니다
이제 내 마음속에 그녀가 아닌
추억만이 덩그러니 남아있습니다

그녀에 대한 추억은
슬픈 기억이 아닌 영원히 간직하고 싶은
내 마음속의 베스트셀러가 될 것입니다.

초상화와 자화상

박경린

맨땅에서 하늘을
냇가에서 심해를
우리는 겪었다

걸음마부터 뜀박질까지
옹알이부터 사자후까지
우리는 견뎠다

내 자화상이 보는 이에 초상화일 수 있다
내 이야기가 읽는 이에 이야기일 수 있다

시를 읽는 순간을 떠나 행복할 시간도 없지만
내가 써낸 경험이 값진 체험이 되기를 바란다.

해골의 삿대질

사랑을 원하기만 하는 자에게 전하라
부드러운 생선살을 위해선
위험한 가시를 발라낼 수밖에 없다

사랑이 다가오기만 바라는 자에게 전하라
메두사를 본 듯 굳은 채 기다리는 건
모순된 희망에 사치스러운 허구다

사랑에 유통기한이 찾아온 자에게 전하라
와인은 숙성되어도 악취가 나지 않는다
우산은 대신 젖어주는데 펼치지도 못하는가

사랑과 작별하지 못한 쓸쓸한 자에게 전하라
그 영화엔 혼잣말 외에는 아무런 대사가 없으니
찢어진 신발로 더는 걷지 마라.

그대, 날 외면하지 말아주오

빛

북두칠성을 보고 가다가
등대를 보고 가다가
희미할 수 없는 그대를 보았네
인간의 형태를 가진 그대를 보았네.

횡단보도에서

그녀는 횡단보도가 피아노 같다며

쇼팽에 흑건을 연주하는 것처럼

검은 선만을 거닐고

양옆 차들에 머리 등이

그녀를 환하게 비출 때

내게만 꽃다운 선율이 들렸다.

묵우

밥을 먹지 못할 때
덜어가는 게 아닌 죽을 쑤는 게
한 숟갈에 사랑이다

짐을 무거워할 때
짊어지는 게 아닌 업어주는 게
한 상자에 사랑이다.

가벼운 그대에게

사랑만 받고 살아온 여자를 만나고 싶다

그러니 그대에 멍든 품을 비워라

오늘 안에 옮길 수 없을 만한

큼직한 사랑을 마련할 테니

가벼운 그대가 매정히 가져가도 좋다

실수로 찢어져도 괜찮다

덧댄 사랑을 사랑하면 될 일이다

그렇게, 버겁게 같이 살자.

그대, 날 외면하지 말아주오

서로를 메꾸는 연인

서로를 메꾸는 연인을 보았다

먼 곳에서부터 추위를 지켜온 웅장한 바람조차도

한곳에 좁은 여름에 숨을 거뒀다

두 사람에 재질은 흰색보다 흰색인 솜

두 솜털이 뭉쳐진 심장 소리는

내 정신에 청력을 깨트릴 정도로 우람하였다.

맞사랑

모르고 사랑을 합니다
사랑을 몰라도 합니다

그대는 저를 압니다
저도 그대를 압니다

조금은 알겠습니다.

봄물이 흐를 때

아무도 봄이라 느끼지 못할 시기에도
꽃은 피고
사랑과 현실 사이에 서느런 재난에도
꽃은 핀다.

초상화와 자화상

외쪽사랑

그녀에 느낌은 네 잎에 토끼풀
보풀처럼 쉬이 한 잎 떼어
전달하고 싶은 세 잎에 토끼풀

그리운 사람들을 제치고
가장 보고 싶단 의미는
그야말로 가장 사랑하는 사람

하루만 봐도 보름이 떠올라
아득히 떠나보낸 마음이 한 아름인데
외쪽사랑은 꾹꾹 참는 중.

,

그대, 날 외면하지 말아주오

명장면

그대의 순간을 네모에 담았다
눈이 반쯤 감겨 있다
그대는 지우라 보채지만
내겐 눈부신 두 개의 반달로 비췄다.

초상화와 자화상

필화

부을수록 말라가는 사랑은 한 병
그 한 병에 산꽃을 꽂꽂이하면,
싱그러운 꽃병이 된다

향기롭다 말린 꽃이 되어도
꽃병에 한가득 채우면,
영원한 척하는 꽃병이 된다.

칼

당신은 손잡이조차 양날의 검이지만
날카로운 선에 취하게 한 명검이었소
손바닥 핏물을 움켜쥐어도 모른 채
무림 속 무예를 연마한 무협이 된 것 같았소
더는 그 무게와 칼날을 견딜 수 없구려
마찰이 돼 마무 되고 부식이 될 때까지
언제나 칼춤을 출 줄 알았더이다
이제는 칼집 안으로 묻어야 하니
그전에 사랑에 발목을 싹 베어 가시오

후회를 사랑하는 자

몸체에 양 끝에 빙하기가 찾아올 때까지
너를 다시 볼 수 있을까

누군가와 함께 있을 때 향이 배어간다면
너와 같이 있고 싶었다

너는 요즘 어떤 화장을 하고 있을까
나는 곧 죽어갈 표정인 화장을 지울 수 없다

너에 한마디가 음표였다는 걸 몰랐고
지금은 세월의 노래가 되어 흥얼거린다

회상의 독으로 세수한 아침은
상쾌하지 못할 잔인한 날이 되었다

사라진 너를 사랑하는 건
시체를 사랑하는 것과 다름 없다

꽃다발 속 너를 묻었다
안녕

그대, 날 외면하지 말아주오

강낭콩

난 그걸 강낭콩이라 부르기로 했다

쓸쓸한 흙더미 속 온난한 빛을 받았던
콩의 배꼽 사이로 앳된 싹이 텄던
추위와 진딧물도 견디었던

한해살이를 여러해살이로 키울 줄 알았던
꼬투리에서 떨어져 다른 싹이 되었던
서늘히 꽃을 기다리다 얼어버렸던

어렴풋한 일기장에서 죽었던
누구나 키우고 기다려왔던
기쁨이 여물었던 사랑을

영화

캄캄한 환경 속 환한 화면에서 춤추는 우리

어색히 사랑을 한다
이별을 명연기 한다

예고편만 봐도 본편을 아는 뻔한 연애담

따분히 긴 상영 시간은 이유가 없다
누구 하나 선과 악이라 할 수 없었다
의상은 밝아졌으나 대사는 어두워졌다
검붉은 핏물 없이 잔인한 장면이 되었다
두 인물에 키스 장면조차 연출 같았다
이제 옆자리에서 스치는 관객이 되었다
바삭하다 눅눅해진 팝콘이 사랑 같았다

사랑은 무엇일까
결말은 매번 신기루인가
사랑마저 모방에 의한 탄생인가

그대, 날 외면하지 말아주오

그때 그 자리

그때 그 자리에 제가 없어야 했었습니다
그랬으면 꽃의 향기도 몰랐을 것이고
남은 향기가 어땠을지 궁금하지 않았을 겁니다
웃는 모습이 이토록 예쁜 줄 몰랐을 겁니다
같이 슬픈 영화를 볼 일도 없었고
슬픈 영화처럼 될 일도 없었을 겁니다
다음날 괴롭게 밤을 새울 이유도 없었고
자장가 없인 못 자는 일도 없었을 겁니다
언제나 해바라기의 웃음을 만들어놓고
움푹 들어간 주름을 보이지 않고 떠나다니요
나는 왜 잃어버리고 찾지 않는 물품인가요
간단한 점심이 마지막 식사란 걸 알았다면
굶은 채 바라보고만 있었을 텐데
그때 그 자리에서 여전히

밤

별 하나 떼어먹었는데
카페인이 들어있는지 잠이 안 오네

계절은 분명히 겨울인데
기억은 모기와 매미처럼 밤을 괴롭히네

그녀에게 따뜻하게 이불을 덮어줬지만
불행히 차버리고 말았네

이별의 노래로 잠시 마음을 재워도
불면증이 자꾸 깨우네

그나마 망각의 유령이 방 안을 맴돌아
코골이를 만들려 하네

그렇게 악몽 속 깊이 깨있다 눈을 감네

그대, 날 외면하지 말아주오

복원사

붓을 기억의 술에 빠트려 미처 그리지 못했던
혼자 찢어진 캔버스에 마저 덧칠합니다
팔레트를 채울 색은 몇 가지 없지만
취해서 수채화보다 유화로 말해봅니다
가물거리다 선명해지는
선명해지다 가물거리는
황금이 아닌데 금빛이 감도는
지금은 머리로만 칠할 수밖에 없는
아쉬운 초상화를 내내 그리다 지워봅니다
그러다 새로이 꽃과 새도 의미가 없어져
가여운 자화상이라도 그려봅니다
깊숙이 잠든 곳으로 한마디 햇살을 주니
흙에서 나온 천사였었던 당신은
쓰지 않을수록 몽당연필이 되어갑니다

보라색 꽃이여

저절로 물을 뿌리고 햇볕을 쬐는 꽃이여

겨우 내에도 파릇한 꽃이여

내년 봄에는 못 볼 꽃이여

여름에 입김이 된 꽃이여

손이 타버릴 만큼 열렬한 꽃이여

내 잠결 속에도 피어난 아쉬운 꽃이여

보라색 꽃이여

보라색 꽃이여!

그대, 날 외면하지 말아주오

무광

마주친 건 오랜만인데
그대의 생각은 오랜만이 아니었다

저주는 그대에 무심한 가면
인생에 핀 꽃도 우두커니 향기롭지 못하다

그대의 입술에 먼지가 없길래
떨림을 감춘 지진이 나고 말았다

보살필 이유가 사라진 시간인데
그동안 초침까지 챙긴 채 힘들어했다

그때 보물선은 어디선가 모래에 실려도
그 속에 금괴는 어둡게라도 반짝였으면 좋겠다

종이에 살았다

문득 얼굴이 그리고 싶어져
짧디짧은 기억을 곱게 곱게 깎아
선을 따라 기록을 담으니
실수로 그녀의 얼굴을 그렸다
실수라 하기엔 선명한 그녀
완벽히 표현할 수 없는 그림이자
이제는 보고 그릴 수 없는 그림
구슬픔을 몸서리치게 지우고
옆으로 쓸어버린 지우개 가루를 보니
소복이 쌓인 서느런 설산을 이루었다
흐릿한 얼룩 옆자리에 나를 그린다
그렇게라도 같이 종이에 살았다

그대, 날 외면하지 말아주오

이별 계약서

연인의 관계를 해지하기 위해 다음과 같이 계약을 체결
한다
쌍방 합의하 작성된 문서이므로 결별을 증명하는 바다

스쳐 간 회상은 합법에 해당하여 무관하나
집착은 위법에 의거 형벌로 현실이 주어진다

갑과 을 관계는 후회 없이 사랑한 자
필름을 먼저 가위질한 살인범이 갑이 된다

만약 무효화할 시 위약금은 책임감이고
분쟁을 유념하여도 효력이 없을 수 있다

최후의 약조는 종신적 안녕을 기원하며
유품이 될 때까지 보존해야 할 것이다

초상화와 자화상

순수

순수한 미소를 보았던 눈을 싫어하게 되었습니다

순수한 향기를 맡았던 코를 싫어하게 되었습니다

순수한 이름을 불렀던 입을 싫어하게 되었습니다

순수한 사랑을 했었던 맘을 싫어하게 되었습니다

순수한 당신이 없으니 나를 싫어하게 되었습니다

그대, 날 외면하지 말아주오

기억

꿈을 꾸었다
그곳은 바다였다
정신의 해파리가 두둥실 떠다니다 인어를 만났다
한때 말과 몸짓으로도 표현 못 할 사랑을 했던
가장 보고 싶었던 얼굴이었다
운명의 물살에 거칠게 휩쓸려 다가오더니
조용한 물결을 만들며 사라졌다
이제 그 인어는 외로운 헤엄을 치고
수억 개의 진주를 받쳐도 돌아오지 않을 것이다
투명하고 멍청한 꿈에서 깨어났지만
부디 깊지 않은 수심에서 행복하길 바란다

초상화와 자화상

킁킁

나와 거꾸로 자라난 꽃으로
어느 책에도 기록이 없기에
어떤 향기를 가졌는지 맡아보았다

나비와 해충을 구분하는지
헌신하여 꽃다발이 될 수 있는지
견고한 꽃받침으로 고귀함을 아는지
누가 봐도 색채와 형상이 아름다운지
그 향수로 온몸을 적셔도 향긋한지
꽃병이 깨져도 씨앗이 숨 쉬는지

아차, 나의 꽃이 아니었구나

바다

해님이 꾸벅하고 졸릴 때쯤
연파랑 연분홍 하늘에 홀린
바다는 하늘에 물감을 빼앗고
선선한 바람은 제법 쌀쌀해져
신선한 횟감과 늘 똑같은 소주를 시켰다

평생 안 깰 듯 알딸딸한 대화하며
짠 내마저 달달한 꽃내음 되고
뾰루지마저 별자리로 보이고
가자고, 가자고 해서 왔었던
두 그림자가 있던 곳에서

고요히

혼술을 한다

염진

늦여름 이즈음, 장마와 폭염이 스미니
맹렬히 뜨겁다가 꿉꿉이 잠기는 게
그지없이 사랑 또 한 그러하구나

그대, 날 외면하지 말아주오

명왕성

그대가 벗어났다

타원형으로 불규칙하게
손네의 궤도를 맴돌던
따스한 삶으로부터

모두가 만류하던
작고 냉랭한 왜행성을
우연히 재차 관찰하게 되었다

새것에 인공위성과 무중력이다

신선한 운명을 끌어당기는
만유인력의 법칙이었으니
망원경을 질끈 닫아버렸다

나를 다시 만나도
더는 연구할 가치 없는
평범한 외계인으로 보이겠구나

마음은 우주미아가 되었다

뼈아픈 거리

이 거리엔 세월을 움직이는 마력이 있어

그곳에 사는 어느 개미는 알 거야

인파가 바닥에 남긴 미비한 흠집 중에서

우리가 나란히 새긴 발자취를

지금은 자국이 흉터가 되고서

지나갈 때마다 절뚝거리고 아물지 않지만 말이야

그대, 날 외면하지 말아주오

다한증

손에 땀이 많아
너에 손을 놓친 게 아니다

되려 땀 흘리는 걸 멈추었기에
너를 놓친 거다

없다

난 미련이 있고
그대는 없다

뒤돌아보면 내 잘못만 있지만
그대는 뒤돌아 곁눈질만 해도 내가 있다

그대는 이제 뒤돌아볼 줄 모르니
그대는 더 울 필요 없다

실과 바늘에서 둘 다 바늘이 되었으니
이제 서로를 아프게 찌를 일 없다

그대, 날 외면하지 말아주오

천국에서 꾸는 악몽

지금은 독립운동을 할 수 없고
참전하지 않다고 하여 행복하진 않구나
무언가 그토록 바라고 간절했던
공포의 시대를 왜 닮고 싶을까.

아버지

우중충한 회색의 은인이여,
피어오르는 담배 연기를 머금은 애증이여
이런 날 취기를 한 잔 따라드려도 괜찮겠습니까

방랑자에게 생명의 마차에 태워주셔서 감사할 따름입니다
행방불명된 영혼은 지도가 없는 여행을 마치고
벽난로에서 불을 쬘 수 있다는 것이 행복합니다

별이 빛나는 밤 끝을 모르는 여행을 또 가야하기에
곧 램프를 들고서 그 수수께끼를 찾으러 떠날 겁니다
은인이 지나간 그 발자국만큼 밟아야 하지 않겠습니까

동화 속 걸리버와 같은 모습이었던 은인이여,
아직도 낡은 신문을 읽고 계신 건가요
철없는 아이가 실종된 사건은 남자로 돌아와 해결되었습니다

위대한 은인이여,
의뢰하지 않은 희귀한 행복을 얻었으므로
보답할 수 있도록 가구가 된 듯 계셔야 합니다

그대, 날 외면하지 말아주오

나만의 위인이여!
야생마와 길을 떠나 명마와 돌아올 것을 약속합니다
그때는 걸작을 한 잔 따라드려도 괜찮겠습니까.

초상화와 자화상

불변의 벗

인생은 연어의 여행이라 다시 돌아가겠지
시간은 손목을 감을 뿐 손을 잡지 못하는구나
소박한 몇 푼으로 커다란 미소를 사 먹었는데
사뭇 추억이란 게 청춘의 무덤이더라

어른의 섬으로 도착하다니 믿기지 않고
골칫덩이는 채소와 독초를 식별하기 어렵다
악수는 거래를 뜻하고
우리는 그래도 그딴 게 필요 없구나

죽음은 예견된 것이란 걸 알지만
우리는 상실한 채 지내면 되기에
늘 그대의 안부를 기뻐할 테니
걱정이 오면 잠시 비켜주게나.

그대, 날 외면하지 말아주오

계영배

결혼식에 꽃가루와 장례식에 뼛가루

한 생명이 반짝이고 한 생명이 꺼진다

두 추억의 마임은 지나간 흑백을 더듬거린다

두 가지 눈물에 농도는 다르고
두 가지 꽃잎에 향기도 다르다
차츰 새 삶을 얻는 건 같구나

눈을 감았다 하여 죽은 것도 아니고
눈을 뜨고 있다 해도 산 것도 아니구나
간접적 감각은 어떻게 다듬을 수 있을지

결국, 일생에 온도가 낮아져 알려주겠지.

한 가닥 인연

여행 중 잔혹한 그대는 최악의 기념품

때때로 잃어도 되는 게 얼마나 다행인지

오늘도 그대와 함께였다면 얼마나 힘들었을까

미안합니다, 제 곁에 겨우 한 가닥 새치였음을.

우리 할머니

할머니, 우리 할머니
노랑나비가 되시고 하늘하늘 날아가셔서
낙원 어딘가 구름 한편에 쉬고 계실 할머니

아리땁고 아리따운
르네상스를 머금은 듯 우아하신
늘그막 삶을 나지막이 보여주시던 할머니

세상에 내 편이 줄어들수록
사람다운 사람이 사라질수록
그립고 그리운 내 어머니의 어머니

생전에 마음의 씨앗을 얼마나 뿌리셨으면
근조 화환이 밖까지 쌓여 꽃밭처럼 보였고
침울한 길조차 하얗게 눈부시게 하신 우리 할머니

기른 정이 컸음을 몸소 알리셨기에
그 자태를 여태껏 망각하지 못하여
마치 어제의 추억입니다.

소요음영

저 멀리 물마루 보며 걸으니
신발에 들어간 모래는 아무렇지 않았다

그저 잠깐 벗어서
털면 그만이었다

소금 바람에 기울여진 소나무도
그저 새바람 맞이하며 담백하게 살더라

그러니 손가락 무늬 남길 모난 길을 걷자
괄괄한 물고개가 지운다 한들 다시 새기자.

물

난 꿈에서조차 꿈을 꾸며 매정히 달렸었나 봐
현실에서 탈진하기 전에 마신 물 한 모금은
목구멍으로 닿기도 전에 메말랐어

홀로 순결의 시간을 갖는 방에서 물뿌리개로
꽃이 아닌 나에게 일상과 다른 온도로
개운한 위로를 준 후 홀연히 사라졌어

물병에서 유리잔으로 축 처진 물결을 쪼르륵
긴장을 낀 손을 따라 연거푸 떨렸지만
입에 가득 찬 설움은 잔잔히 맑아졌어

시작과 끝을 투명하게 아우른
널 쉽게 찾을 수 있는 걸 보니
아직 사막 한가운데는 아닌가 보다.

다이아몬드 알레르기

그와 가까운 소꿉놀이 사이였다

나이를 먹고 지나쳐도 모른 척했다

최근 소식을 얼핏 들었다

낯익지 못해서 투신했다고 들었다

맨땅에 흩어져 거듭 버려지고 말았다

아스라이 시대의 사연이 되었다

그 본명은 행복이라고 불리었다

모두 근사한 향수를 뿌리는 무취의 꽃으로 산다

나도 고스란히 외롭게 산다.

그대, 날 외면하지 말아주오

운명극

아름다움이 무거워 가라앉아야 할 별들
비구름보다 위층에 살 존재권이
따가운 빗물에 튄 쓰라림으로
쓸쓸히 젖어버린 별들은 쏟아져
눈동자에 물 없는 홍수를 감추며
다들 아침에 숨었다

풍족한 이십 대는 고갈돼 희귀해지고
실수가 멸종한 퍼석한 세상에서
종소리 들리지 않는 세상에서
파블로프의 개처럼 침만 흘리는 별들에
알몸보다 부끄러운 현실은
시대에 빈 주머니 속 술 냄새만 알았다.

꿈

꿈아 그동안 미안했다
내게 말 걸지 않는 행복과 친하다 하여
수요일처럼 이도 저도 아닌 나날로
우리 사이에 서먹한 책갈피를 두었던 점을

너를 심해에 어려운 물고기라 여겼지만
오히려 어렸을 때 흔히 잡고 놀았던
시냇가 민물고기란 걸 알았다
그러니 떠나지 말고 나랑 떠다니자.

그대, 날 외면하지 말아주오

약육강식

육식과 초식은 쓰이는 이빨부터 다릅니다

힘의 무리는 설계된 악으로 평화로움을 노립니다

확실한 사냥은 뒤에서 이루어져야 완벽합니다

가난은 지켜만 보다가 유유히 떠나야 합니다

문제는 핏물 한 방울 나지 않는 풀을 두고도

폭력은 떠나지 않았습니다

오로지 막강한 권력만이 비만을 만들었습니다.

손자병법

뿌리처럼 뒤얽힌 전투를 준비하면서
장악해야 할 곳에서의 굴복하지 않으려
예리한 전략으로 마음을 지휘해야 할 것이다!

엄밀히 말해 우열을 다투는 매와 독수리가
쾌속적으로 맹렬한 발톱을 내밀 때
기세만으로 위협을 압도 할 수 있을 것인가!
초토화할 역량을 발휘 할 수 있을 것인가!

오직 인생의 오미를 맛본 자만이
허를 찔려도 급류에 휩쓸리지는 않고
후퇴 없는 진화에 대한 용맹한 추격만으로
점령할 수 있는 한 가지 방식을 배울 것이다!

오늘 죽을 것처럼 결사적으로 살아가라!

트라우마

아직도 출소를 못 한 그대여

어디가 고통스러워 감옥에 머무는가

일생을 살해한 용의자는 어떤 인물인가

탐스러운 권총에 군침만 흘리는구나

두부를 으깨고 죄를 섬기며 수갑을 택하지 마라

실마리 찾아 범인을 검거하지 마라

연약한 설움의 흔적은 남아돌 테니

복수를 위해 과감히 석방하여라

문을 여는 건 그대의 몫이다

위로받지 못한 슬픈 사람아.

폐간된 잡지

돌이켜보라
줄곧 인간이 악랄한 절대적 이유를,
바로 영역의 선이다
인류가 같은 기도문을 외치지 않는 한,
전쟁에 어원을 지울 수 없다

미발달 상태에 위대한 시늉,
짐승에 습성을 익혀 음해를 배웠고
범위를 넓히려 대중을 먹고 자라나
이기적 해소는 질병명조차 없으니,
백신이 없다

예의는 의의를 버리고 추세를 따라서
간소화된 인륜이 불편한 끈적거림을 없앴다
핏줄이 풀리고 핏물에 농도가 옅어져
더한 불편함을 초래하는 현상이 벌어졌다
내일은 신문이 없다

살인마 따위가 한 가정을 파괴해도
형벌은 살인마 키보다 짧은데,

애매한 것들이 구역을 어지럽혀도
감옥도 죄인이 싫은 건 마찬가지,
희귀한 새 한 마리 없다.

초상화와 자화상

스물일곱 번째 오로라

자유엔 날개가 없다
그건 새를 모독하는 발언
자유의 과잉은 오히려 인간을 말살시켰다

눈은 차이와 차별을 만든 본능의 무기
대학살 주인공은 혀의 움직임
신체 중 가장 약한 건 주먹이 틀림없다

독창적 신앙은 대번 나타날 때까지
확실한 서명이 보일 때까지 무수히 돌을 던진다
혁명가들은 머저리들에 의해 돌무덤에서 죽었다

사회는 지게와 지팡이를 건네고
하나가 닳을 때까지 무턱대고 산에 오르게 한다
세뇌의 공포는 악마라 부를 수 없도록 한 것이다

신이 하나에 직업이라면 신은 무능한 자
불균형 기회를 물어오라고 함부로 던지는
개와 주인의 모습만이 가지런하다.

118
그대, 날 외면하지 말아주오

허무주의

남이 뿌리는 미운 말씨에
사람이 미운 사람이 되었다
누구나 공허가 싫어도
그 공간을 나는 새는 사랑해야지
남의 기쁨을 절도하여
중용을 깨고 도망가는 도둑이
한둘이 아닌 까닭에
덤덤한 습관을 들여야겠다
그러고 낮잠이나 자는 게 낫겠다.

전염병

입마개를 했다
병균이 나돌고 있단다
모두 입마개를 하고 있다
고독에 감염된 걸 모르고.

그대, 날 외면하지 말아주오

인간의 시대가 종결될 때까지

아 아
미래여 유감이다
아직도 행복을 뽑는 자판기를 개발하지 못했다
그나마 그대를 위한 무전을 남기려 한다

잘 된 이들을 천재로 여기다
점차 그들이 흘린 땀의 양에 감탄하리라
자신을 평범 혹은 그 밑에 산다고 여기면
쉽게 죽지 않아 더 슬픈 인간이 될 것이다

현재는 자신에 영역을 침범할까 봐
모든 걸 없애는 흔한 어른들이 멸종하지 않았다
세상을 파괴할 자가 숱하니
희귀종을 자처해야 인간은 진화할 것이다

너희가 혁신을 구원할 것이니
보풀을 합쳐 한 벌에 옷을 만들어 세상에 입혀라
도시도 한때 자연이었던 것처럼
또다시 뒤따라오는 이들을 위해 살아라.

초상화와 자화상

삶의 조각상

눈을 감았다
그는 살았다

눈을 떴다
그는 죽었다.

그대, 날 외면하지 말아주오

마음의 침실

삶은 비루하고 더불어 위대하니까
이유가 없어도 죽음과 머나먼 삶을 살자
그냥 복숭아 털 개수를 세지 말자
후회만 버려도 가볍디가볍다

빛을 머금고 어둠에 묵묵한 돌이 되자
한강에 찬물을 포기로 물들이지 말자
일생에 마지막이라 다짐한 숨을 참고
도리어 울분에 가래침이나 뱉자

산성비 맞아도 피어난 꽃이 되자
고유색으로 피어날 수 있도록
비겁한 빗줄기 소리를 경청하지 말자
우리는 잠깐 예뻐 보이려 태어나지 않았다.

초상화와 자화상

무제

춘곤증인지 봄잠을 잤다

일장춘몽, 금세 봄밤이 되었다

목련과 매화에 마음가짐을 가진다

잡풀을 캐내어 달래와 냉이로 만든다

한적한 위로에 공급보다 수요가 넘친다

얼마나 딱한 사람이 많은지 가늠할 수 없다

본디 예술로 유명한 가면이 되고 싶다

지구를 반대로 돌려서 찬양될 수 없다

개화기 날짜를 잊고 살아야겠다

개화기 날짜를 잊고 살아야겠다.

그대, 날 외면하지 말아주오

위문편지

풋내가 빼꼼히 퍼지는 곳으로 시선을 향하니
나의 소년 시절과 마주쳤다
그 소년은 흠칫 놀라곤
매일 신은 운동화 뒤창에
상표만 보이며 느른한 걸음걸이로 떠났다
그 이후 각별한 청년이 되고자
새로이 마실 수 있는 시를 창조 중이다
앞날은 어떤 삶을 지낼까
나의 중년을 살그미 지켜봤더니
천둥의 박수를 받는 삶을 얻었다
환희의 이슬로 흐늑거리고 있는데
어떤 이가 다가와 나를 안아주었다
나를 닮은 근사한 노년이 소박하게 안아주었다.

초상화와 자화상

고전

나에게 진술하여라
진실을 숨길수록 삶이 밝아진다면
기꺼이 어둠을 택하고
흑심을 버릴 수 있는지 말이다

벽에 핀 장미꽃으로 인정받을 수 있을지
진짜가 될지 의심이 된다
추호도 벌지 못하고 아무도 알아주지 못해도
독창이 아닌 가짜가 되긴 죽어도 싫다

한 획을 그으면 잉크의 생명은 말라가다가
새로움에서 알을 낳고 죽는다
거대한 도서관을 가보면
이미 숱한 거인들에 새장이었다

위축된 불행을 짊어진 채
계단이 없는 황야로 무작정 걸었다
오줌으로 그린 지도를 보물지도로 바꿔
젊음이 닳도록 꿈을 향해 걸었다

그대, 날 외면하지 말아주오

마음의 왕이 게으름에 지배당했고
가끔 예술성 치매도 왔었다
왕을 괴롭힌 헛소리에 길들어
미래에 가치를 훼손하기도 하였다

땀도 말라죽어 갈 즈음에
칠흑 속에서 별 한 송이를 보았다
마실 수 있는 바다를 찾은 것처럼
가뭄에 고통은 잠시 길을 잃었다

사라질 수 없는 그 날을 위해 시를 남긴다.

초상화와 자화상